LES PAUVRES

LES COMMUNISTES PRIMITIFS

DU RESPECT DES LOIS

LA PAIX

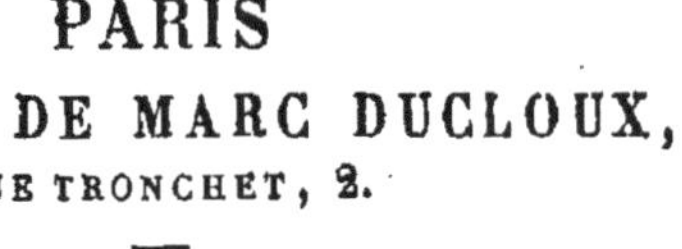

PARIS

LIBRAIRIE DE MARC DUCLOUX,

RUE TRONCHET, 2.

1851.

LES PAUVRES

LES COMMUNISTES PRIMITIFS

U RESPECT DES LOIS

LA PAIX

PARIS

LIBRAIRIE DE MARC DUCLOUX,

RUE TRONCHET, 2.

1851.

LES PAUVRES.

« Le pauvre et le riche se rencontrent ;
c'est Dieu qui les a faits l'un et l'autre. »
(Livre des Proverbes, XXII, 2.)

I

Riches... Pauvres... Voilà des mots qui retentissent aujourd'hui bien souvent à nos oreilles, et que nous avons vus devenir un cri de guerre. Sous ces mots est une question qui date de six mille ans ; mais on dirait qu'elle n'est que d'hier, tant elle excite d'intérêt, tant elle a changé de face.

Jusqu'ici, en effet, on s'était généralement contenté de rechercher comment on pourrait adoucir les maux du pauvre ; quant à abolir la pauvreté, nul n'y songeait. Ce n'était pas indifférence ou calcul, comme le prétendent quelques hommes ; c'était la simple appréciation des obstacles qui s'opposent à l'égalité des fortunes dans un monde où il n'y a réellement rien d'égal, ni les positions, ni les talents, ni les forces, rien, sinon la nécesssité de mourir. Aussi la philosophie et la religion s'accordaient-elles à dire que la question ne pouvait ni ne devait être résolue dans ce monde ; qu'elle le serait ailleurs.

Ces obstacles insurmontables, quelques hommes se sont vantés, de nos jours, de pouvoir les lever dès ici-bas, et il n'en a pas fallu davantage pour entraîner à leur suite tout ce qui a ou croit avoir à se plaindre des inégalités de cette vie. Il y a long-temps que la société était comme un malade qui se tourne et se retourne dans son lit, croyant, à chaque fois, avoir trouvé la bonne place, et, chaque fois, au bout de peu d'instants, se tournant et se retournant encore avec un redoublement d'angoisse. Le voilà maintenant, ce vieux, cet éternel malade, le voilà qui se dresse sur son séant, et qui, dans l'ardeur de sa fièvre, ne se contente plus de soupirer après la guérison. Il veut, dit-il, il veut qu'on le guérisse, et malheur à qui ne le guérira pas!

Et nous, ses anciens médecins, nous, les amis de l'Évangile, nous qui versions du baume sur les blessures du pauvre, mais qui ne parlions pas de détruire la pauvreté, nous qui la montrions, au contraire, comme entrant dans le plan de Dieu, à quoi sommes-nous bons s'il y en a d'autres qui se font fort de l'extirper? C'est une étrange position que celle de la morale évangélique au milieu des débats et des convulsions de notre époque. Nous ne pouvons la présenter aux riches sans avoir l'air de nous associer aux plus déplorables attaques contre la richesse, contre la propriété même; nous ne pouvons la pré-senter aux pauvres sans risquer d'être, à leurs yeux, les apôtres d'un prétendu système d'oppression, or-ganisé contre eux avec l'appui d'un christianisme faussé.

Il y a cependant encore, Dieu merci, des choses que nous pouvons et que nous pourrons toujours

leur dire, parce qu'elles ne s'adressent pas moins
aux uns qu'aux autres; il y a des vérités et des faits
en présence desquels ce même christianisme nous
les montre courbés sous le même fardeau, humiliés
dans la même poussière. *Le pauvre et le riche se rencontrent...* En quoi? Pourquoi? *C'est Dieu qui les a
faits l'un et l'autre.* Tout est là.

Laissez-nous donc vous l'expliquer, chers lecteurs,
cette réponse plus profonde, dans sa simplicité, que
tous les écrits de vos sages. Venez,—nous ne dirons
pas *pauvres* et *riches*,— venez, pauvres pécheurs; venez, enfants du même Dieu, rachetés du même sauveur, venez voir où est l'égalité; venez nous dire
vous-mêmes si vous n'êtes pas tous pauvres du côté
de la terre, tous riches du côté du ciel.

II

D'abord, avouons-le. Si l'intérêt que ces questions excitent tient, d'un côté, à des sentiments ho-
norables, il tient aussi, et même infiniment plus, à
l'affaiblissement des idées religieuses et du sentiment religieux, à l'oubli de la véritable fin de
l'homme. Si l'on se rappelait que cette terre est un
lieu de passage, il est clair qu'on ne se laisserait pas
aller à voir dans des améliorations terrestres la
grande affaire et le premier des besoins.

Est-ce à dire que nous prétendions blâmer, en
soi, ces améliorations et ces efforts? Non. Le
christianisme, à cet égard, a fait ses preuves. C'est
lui qui a positivement enseigné l'égalité naturelle
des hommes; c'est lui qui a véritablement créé la
philanthropie, parce que c'est lui qui en a fait, sous
le beau nom de charité, une chose de tous les jours

et le devoir des petits comme des grands. Partout ses amis ont été les avocats et les soutiens du pauvre ; partout ils se sont trouvés à la tête de tout le bien qui se faisait. Ils ne demandent pas mieux que d'y rester ; ils sont prêts à payer de leurs personnes partout où les appellera la voix de l'humanité souffrante, car cette voix, pour eux, c'est celle de leur Sauveur, caché, comme il le disait lui-même, sous les traits du pauvre, du prisonnier, du malade. Oui, partout et toujours, ceux qui pensaient le plus au ciel se sont montrés les plus zélés à soulager les souffrances de la terre.

Mais ce qu'ils faisaient dans cette vue n'en était pas moins, à leurs yeux, une œuvre accessoire, un moyen et non un but. « A quoi servirait, pensaient-ils, d'aider un homme à être un peu moins malheureux dans cette vie, s'il doit l'être à jamais dans l'autre ? » Si donc on soulageait le corps, c'était, avant tout, pour sauver l'âme.

L'âme, aujourd'hui, il n'en est plus question. Tout au plus vous parlera-t-on, de temps en temps, d'une certaine amélioration morale liée aux progrès du bien-être et à l'éloignement des tentations de la misère ; mais, cette amélioration, outre qu'on a grand soin de l'isoler des idées religieuses, hors desquelles rien n'est solide, on y insiste trop peu, on la mélange de trop d'idées terrestres, pour que la perspective, en fait, ne se termine pas à la terre et rien qu'à la terre. Ces systèmes ont beau avoir un côté plus noble : pour un pauvre qui les saisit dans ce qu'ils ont de bon, vous en avez cent, vous en avez mille qui les prennent dans ce qu'ils ont de plus mauvais.

Dès lors, voilà toutes les inégalités humaines qui se dessinent avec une effrayante netteté. Si vous me dites, si vous paraissez croire, si vous m'autorisez, n'importe comment, à penser que mon but est ici-bas, — il est tout naturel que je ne puisse plus concilier avec l'idée d'un Dieu juste, celle d'un partage aussi inégal. Alors, de deux choses l'une. Ou je la jetterai au loin, comme un appui qui s'est brisé sous moi, cette vaine idée d'un Dieu, d'un Dieu qui n'est pas, dirai-je, car, s'il était, il n'autoriserait pas de telles choses; ou je me dirai qu'il les a permises, mais pour un temps, et que le moment est venu de rétablir l'ordre en me faisant justice de mes mains. A l'œuvre donc! A l'émeute et au sang! Celui qui croit au ciel, il ne lui coûte rien d'attendre; celui qui ne croit qu'à la terre, pourquoi attendrait-il?

III

Ce que nous voyons donc de plus triste dans tout cela, ce ne sont pas les désordres matériels qui en résultent; c'est cet oubli des premiers éléments du christianisme. Et comme on a vite oublié, avec les enseignements de Dieu, ceux de la simple justice, ceux du plus vulgaire bon-sens!

Le pauvre et le riche se rencontrent. Jadis, en voyant ces mots dans la Bible, c'était aux grands, aux riches, qu'on pensait. C'était à eux qu'il fallait rappeler l'égalité primitive des hommes; on n'aurait pas soupçonné que d'autres qu'eux pussent en venir à l'oublier. Aujourd'hui, c'est au pauvre qu'il faut la rappeler, que dis-je? la démontrer; c'est lui qu'il faut prier de ne pas mettre en dehors du genre humain, comme un être inférieur, dégradé, malfaisant, quiconque a le malheur de passer pour un des heureux du monde!

Les heureux! Que d'erreurs et que d'injustices, déjà, dans la seule application de ce titre!

D'abord, quant à la fortune elle-même, c'est une division arbitraire et souvent absurde que celle de la société en deux parts, les riches d'un côté, les pauvres de l'autre. Sans doute, il y a des gens que vous pouvez appeler *riches,* dans toute la rigueur du mot, et sur qui pèse en plein la responsabilité que ce titre emporte; il y en a aussi, et malheureusement bien plus, que vous avez raison, trop raison d'appeler *pauvres;* mais, entre ces extrêmes, que de degrés! Que de milliers, que de millions d'hommes qu'il vous faudra ranger tantôt dans l'une, tantôt dans l'autre de ces deux catégories, selon que le point de comparaison sera pris au-dessus ou au-dessous d'eux!

Et c'est pourtant toujours de cette classe intermédiaire que part le signal des murmures. Le pauvre, le vrai pauvre, s'il n'a pas reçu des leçons d'envie, est infiniment moins porté à regarder au-dessus de sa tête que ceux qui sont déjà des riches en comparaison de lui. Cette habitude une fois prise, pour un homme qu'on voit ou que l'on croit voir plus haut que soi sur cette mobile échelle, on oublie qu'il y en a des centaines au-dessous, ou, si l'on s'en souvient, c'est pour se liguer avec eux. On sent, au fond, qu'on a peu raison de se plaindre; on se hâte de faire cause commune avec ceux qui souffrent réellement. De là ces appels, de là ces tableaux qu'on charge à l'envi des plus lamentables couleurs, et dont le premier résultat est de chasser le peu de bonheur qui restait chez ceux dont on s'est fait l'organe.

Nous, en regard de ces douloureux tableaux, que mettrons-nous? Les soucis de l'opulence? — Non. Les exemples que l'on va chercher si haut ressemblent trop à de vaines déclamations; d'ailleurs, ceux que le besoin assiége, il serait ridicule, il serait cruel d'aller leur dire qu'ils sont heureux de n'avoir rien, parce qu'ils n'ont rien à perdre. Nous parlions des classes moyennes; restons-y. Eh bien, entre l'ouvrier qui n'a plus d'ouvrage et le maître qui suit d'un œil d'effroi le dérangement graduel de ses affaires, qui voit l'abîme et ne peut crier au secours, car, au premier cri, tout serait perdu, sa ruine serait publique, irréparable, — lequel est le plus malheureux? Demandez-le aux hommes habitués à sonder conscien-cieusement toutes les plaies; qu'ils disent si ce n'est pas là, dans des positions en apparence plus douces et certainement enviées, que la misère leur est souvent apparue plus cruelle, les privations plus dures, les souffrances plus poignantes que chez ceux qui osent au moins se plaindre, et qui ne sont pas forcés de sourire avec la mort dans l'âme. Ah! parmi ceux qu'on se plaît à entretenir dans l'idée qu'ils sont les seuls à souffrir, il y en a, croyez-le, qui reculeraient d'effroi à la vue de bien des choses dont ils ne se doutent pas, et qui retourneraient presque joyeux à leur pain dur et à leur foyer glacé.

IV

Allons plus loin. Il est assez d'autres points où le pauvre et le riche se rencontrent, où vous n'avez aucun voile à lever pour en acquérir la preuve.

L'égalité suprême, avons-nous dit, c'est le tombeau. Elle est aussi dans tout ce qui y conduit, dans tous ces commencements de mort, dans toutes ces morts anticipées que nous avons à subir dans nos corps, dans nos âmes, maladies, infirmités, déchirements de tout genre, lamentable tissu de maux auxquels il est trop évident que la richesse ne peut rien.

Je me trompe; elle y peut beaucoup, et ce n'est pas au profit du possesseur. Que d'infirmités, que de maladies, que de langueurs inconnues aux pauvres et dont le bien-être est la source, tantôt par les excès dont il a fourni l'occasion, tantôt par l'effet seul de son influence énervante! Il n'y a pas de jour que vous n'entendiez dire à quelque pauvre, et cela, du fond de son âme, avec bonheur, avec une espèce d'orgueil: « Nous ne les connaissons pas, nous, tous ces maux! Pauvres gens, avec leur argent! Les voilà bien avancés! » Et il y a plus de philosophie là dedans que dans bien des livres.

Cependant, ce même homme à qui vous aurez entendu faire cette réflexion si vraie, il n'est pas impossible, je le sais, que vous lui entendiez tenir bientôt un tout autre langage. Il était retourné content à sa charrue ou à son atelier; le riche lui faisait plus de pitié que d'envie. Fatigué, harassé, il se trouvait encore bien heureux de pouvoir se fatiguer, se harasser, et, à la fin d'une longue journée, en posant ses outils et en essuyant son front: « A demain! » disait-il. Demain est venu, mais non la force. Il s'est senti chancelant, oppressé. Il a voulu persister; impossible. Lui malade! Il n'y croit pas; il ne peut pas, il ne veut pas y croire. Il l'est depuis des jours, depuis des semaines, qu'il se demande encore si c'est vrai, si Dieu ne s'est pas trompé, s'il peut avoir eu l'intention de le frapper, lui, l'unique soutien d'une famille. Nous aussi, à la vue de ses maux, nous le demandons ; nous sommes, du moins, grandement tentés de le demander. Il est là, sur un misérable lit. Les enfants ont faim, la mère pleure ; le présent est affreux, l'avenir plus affreux encore ; c'est un tableau dont rien ne vous semble égaler l'horreur. Rien ?... Traversez la rue, ou, sans sortir de la maison peut-être, arrêtez-vous à un des étages inférieurs. Là aussi il y a quelqu'un qui souffre, quelqu'un dont la dernière heure va sonner. C'est un riche. « Ah ! dites-vous, tous les soins, au moins, lui sont prodigués. Il y en aurait de reste pour lui et pour son pauvre voisin ! » Oui, mais laissons cela. Voyons. Où en est-il, au fond, cet homme qui va presque vous faire envie jusque sur son lit de mort ? Parce qu'il ne travaillait pas pour le pain du jour, a-t-il trouvé moins dur d'abandonner ses travaux ? Non. Parce qu'il ne laissera pas ses enfants dans la misère, trouve-t-il moins affreux de les quitter ? Non. Parce que la compagne de sa vie n'aura pas à travailler de ses mains, le nœud est-il plus aisé à rompre ? Non, non ! Pour une ou deux sources de douleur qui paraissent rester fermées, il y en a toujours et partout d'autres qui s'ouvrent. Ah ! pauvre, pauvre ! si tes yeux pouvaient percer la muraille, tu en serais bientôt à dire, en joignant tes mains défaillantes : « Mon Dieu, ta Parole a raison... *Le pauvre et le riche se rencontrent !* »

V

Mais en dépit de nos rectifications, il reste et il restera toujours, nous le savons, des faits que nous ne pouvons songer à amoindrir. Ce sera toujours une triste chose qu'un homme qui manque de pain à la porte d'un homme qui regorge de biens.

Nous demandera-t-on, par conséquent, ce que nous aurions donc à dire à qui nous poserait nettement et directement la question : « Pourquoi suis-je pauvre ? » — Ce que nous lui dirions ? Nous n'essaierions pas de lui répondre ; nous tâcherions de lui apprendre à changer sa question.

Pourquoi suis-je pauvre ? Mais autant vaudrait demander pourquoi la pluie a fécondé un champ plutôt qu'un autre, pourquoi la grêle est tombée ici et non là, pourquoi la mort a frappé à gauche plutôt qu'à droite, chez vous plutôt qu'ailleurs ou ailleurs plutôt que chez vous. Méfiez-vous de ces questions qui vont droit à Dieu sur son trône. Qui êtes-vous, que savez-vous, que vous osiez contester avec lui ? « Mais ce n'est pas avec lui, semblez-vous dire. Lui, il nous aime ; nous le savons assez. Ce sont les hommes, c'est la société qui nous opprime. » Illusion, double illusion ! Illusion d'abord en ceci que, parmi les maux dont vous faites la société responsable, il y en a beaucoup auxquels un peu de réflexion vous prouverait qu'elle ne peut rien, absolument rien ; illusion encore en ceci que vous avez beau la nommer, et ne nommer qu'elle, le véritable objet de vos murmures, ce n'est pas elle, c'est Dieu.

Oui, disons-le, et bien haut : la *société,* dans le

sens où l'on prend ce mot lorsqu'on se met à la maudire, ce n'est, au fond, qu'un mot substitué à celui de Providence; ce n'est qu'un subterfuge, involontaire peut-être, mais facilement criminel, pour murmurer à l'aise et pour attaquer de côté Celui que, malgré soi, on respecte encore en face. Si la société, envisagée dans ses vices, n'est évidemment pas l'œuvre de Dieu, la place que nous y occupons n'en est pas moins, pour chaque homme en particulier, le résultat d'un décret providentiel. De quelque circonspection qu'on use dans les termes, c'est à ce décret qu'on s'attaque.

Il n'y a donc, et vous voyez que tout nous ramène à cette idée, il n'y a, en définitive, qu'un moyen d'arrêter les murmures, et non-seulement les murmures, ce serait peu, mais, avant tout, le sourd mécontement qui les inspire. C'est qu'on réapprenne à voir Dieu, et la main de Dieu, là où l'on s'est habitué, de nos jours, à ne voir que les hommes, les vices et les injustices des hommes. Ce n'est qu'en Dieu que toutes les obscurités s'éclairent, que tous les *pourquoi* se résolvent. *Le pauvre et le riche se rencontrent,* dit la Bible; et, sans aller chercher d'autres raisons : *C'est Dieu,* ajoute-t-elle, *qui les a faits l'un et l'autre.* Il les a *faits,* vous l'entendez; et il est clair qu'il ne s'agit pas là d'une simple communauté d'origine. Quelque féconde que soit déjà l'idée que nous sommes tous ses enfants par le fait de la création, elle ne suffirait pas. « Nous sommes les enfants de Dieu, disent beaucoup de pauvres, mais des enfants déshérités. » Insensés! Un père qui déshérite, c'est celui qui donne son bien à d'autres. Est-ce *son bien* que Dieu a donné aux riches? Depuis quand les biens

de la terre sont-ils véritablement les biens de Dieu?
En vérité, on est presque confus d'avoir à répéter
cela. C'est l'alphabet du Christianisme; c'est moins
que du Christianisme : c'est du simple bon-sens.

Que la perspective des biens de l'âme et des féli-
cités du ciel n'ait pas toujours, en pratique, l'empire
qu'elle devrait avoir, — c'est triste, mais on le comprend; que, dans un moment de détresse, sous l'influence délirante des privations, de la faim, du froid,
de la maladie, on s'abandonne à raisonner, ou plutôt
à déraisonner, comme s'il n'y avait rien à espérer
au delà, — hélas! nous le comprenons encore. La
chair est si puissante en ses lamentables détresses!
Mais que l'on aille de sang-froid, du sein de l'abondance peut-être, semer parmi les pauvres des doctrines où l'élément céleste n'est pour rien, et où,
sans enseigner nettement qu'il n'y ait rien après ce
monde, tout s'arrange comme s'il n'y avait rien, —
ah! les bras vous en tombent de douleur et d'indi-
gnation! Malheureux! Quand il ne dépendrait en
effet que des puissants et des riches, non-seulement
de soulager, mais d'anéantir la misère, quand vous
auriez le pouvoir de réaliser toutes vos promesses,
de quel droit, dites-nous, de quel droit laissez-vous
dans l'ombre les promesses de Dieu? Ah! vous l'avez
senti : c'est qu'elles feraient pâlir les vôtres; c'est
que vous ne pourriez redire aux pauvres ce que
Dieu a fait pour eux par son Fils, sans renoncer à
régner sur leurs âmes au nom des satisfactions de
la terre.

Oui, chers lecteurs, dans tout ce que la Bible a
dit des pauvres, jamais elle ne nous a paru plus élo-
quente qu'au milieu des déchirements actuels. En

les entourant de tant d'amour, en leur garantissant pour l'avenir, en leur offrant dès ici-bas, s'ils veulent aimer et croire, de si hautes compensations, elle semble avoir eu tout particulièrement en vue de les armer contre les séductions dont on les assiége aujourd'hui. Tandis qu'on s'évertue à leur prouver qu'ils sont les plus malheureux des hommes, voilà Dieu qui leur dit qu'ils sont, au contraire, les plus heureux. Tandis qu'on leur peint le bonheur des riches, voilà Dieu qui leur dit : « Malheur aux riches !.... » et qui ferme aux riches son ciel s'ils ne sont *pauvres en esprit*, c'est-à-dire s'ils ne revêtent l'humilité qui sied au pauvre. Tandis qu'on les aigrit en leur disant : « Voyez ! Vous êtes les méprisés, les parias, la balayure du monde ! » Voilà Dieu qui leur montre, assis dans le ciel à sa droite, un méprisé aussi, un homme de douleur et de néant. Tandis qu'on se plaît à creuser, entre ceux qui ont et ceux qui n'ont pas, un abîme de défiance et de haines, — voilà la voix lointaine d'un des anciens messagers du Très-Haut qui laisse tomber sur la terre, comme une rosée de paix, ces simples et adorables paroles : « *Le pauvre et le riche se rencontrent; c'est Dieu qui les a faits l'un et l'autre.* »

VI

Encore un mot, cependant. Si les riches ne devaient voir dans ces considérations qu'un rempart entre eux et les exigences du pauvre, s'ils s'imaginaient qu'en lui enseignant à lever les yeux vers une autre vie, Dieu n'ait eu d'autre but que de leur assurer, à eux, les biens de celle-ci, —oh ! alors, nous la fermerions plutôt, cette Bible, en lui demandant pardon de lui avoir fait plaider une si mauvaise cause; nous les déchirerions, ces pages que nous venons d'écrire, car elles ne feraient qu'envenimer les plaies que nous avons essayé d'adoucir.

Mais il importe aussi qu'on veuille bien se rappeler ce que nous disions plus haut sur le sens à donner aux mots de *pauvre* et de *riche*. Il y a, nous l'avons montré, beaucoup plus de riches qu'on ne pense. En vain nous obstinons-nous communément à n'appeler de ce nom que ceux qui possèdent plus que nous : le riche, au point de vue chrétien, c'est quiconque a au-dessous de soi quelqu'un qu'il peut aider, n'importe de quelle manière, argent ou verre d'eau ! C'est quiconque peut se trouver responsable, au dernier jour, des souffrances d'un de ses frères. Quand le pauvre dit : « Pourquoi suis-je pauvre? » — voilà un murmure coupable, et nous ne saurions trop faire pour lui ôter du cœur cette fatale question; mais la question inverse : « Pourquoi suis-je riche? — ah ! celle-là, faisons-nous la, si nous le pouvons, tous les jours. Oui, pourquoi suis-je riche? Pourquoi ai-je du superflu, même peu, très peu, tandis que d'autres n'ont pas le nécessaire? Pourquoi ai-je de l'ouvrage, tandis que d'autres n'en ont pas? Pourquoi mes mains se prêtent-elles aux plus rudes travaux, tandis que d'autres se consument dans l'oisiveté d'un lit d'angoisse? Pourquoi ai-je eu les occasions de cultiver mon intelligence et mon âme, tandis que d'autres, qui m'auraient bien valu, sont restés dans une grossière ignorance? Pourquoi..... Mais nous n'en finirions pas, et il faudrait descendre bien avant dans les rangs de ceux qui souffrent, pour y trouver un homme qui ne pût réellement s'adresser aucune de ces questions. Et lequel est le plus heureux, en somme, celui qui énumère les maux, — ou celui qui s'arrête aux moindres traces de faveur, pour y reconnaître et pour y bénir la main de Dieu, pour se demander s'il n'est pas, lui aussi, à quelques égards, un des privilégiés de ce monde?

Mais vous qui n'avez pas même besoin de les chercher, ces traces de faveur, vous qui ne pouvez ouvrir les yeux sans vous voir entourés, pressés, des marques d'un amour auquel vous n'aviez pas plus droit que d'autres, — prenez garde! Les temps sont graves. De jour en jour le riche a plus à faire pour qu'on lui pardonne son bonheur, même apparent et faux. Qu'il lutte, et de toutes ses forces, contre des doctrines désordonnées, car ce n'est pas seulement la richesse, c'est la société, c'est la famille qui est aujourd'hui en péril; mais les égarements des hommes peuvent cacher des enseignements de Dieu. De toutes les folies professées sur ces sujets ressort, ce nous semble, un fait profondément d'accord avec les principes évangéliques : c'est que le temps n'est plus où le riche pouvait ne se croire tenu qu'à des aumônes. Faites-en, des aumônes, il en faut, et ce sera, comme toujours, « *prêter à l'Éternel;* » mais, à côté des aumônes d'argent, il faut de la bienveillance et de l'amour, il faut des aumônes pour l'âme; il faut ce que saint Paul avait en vue lorsqu'il disait : « Quand je donnerais tout mon bien aux pauvres, si je n'ai pas la charité, cela ne me sert de rien. »

2

VII

Mais pour cela, qu'on se le dise bien, il faut que les deux y concourent. De quel droit le pauvre se plaindrait-il de la dureté du riche, s'il a rendu lui-même la bienveillance impossible par son ingratitude et ses récriminations? De quel droit dirait-il qu'on a violé envers lui l'égalité naturelle des hommes, si c'est lui qui la foule aux pieds le premier en se croyant dispensé d'être juste envers quiconque a plus que lui? A Dieu ne plaise que nous venions conseiller de répondre à l'ingratitude par l'abandon! Mais que le pauvre se défie de quiconque lui parlera de ses droits sans lui parler de ses devoirs; qu'il écoute plutôt ceux qui, au risque de lui déplaire, lui diront ses devoirs d'abord, ses droits après. Mais non; qu'il n'écoute pas les hommes; qu'il s'en tienne à la Parole de Dieu. C'est là qu'il trouvera, mais dans leurs véritables termes, toutes ces questions aujourd'hui si mal posées. C'est là que l'homme lui apparaîtra tel qu'il est, dans sa véritable misère, dans sa véritable grandeur. A l'ombre de la croix, il n'y a ni pauvres ni riches : il n'y a plus que des pécheurs humiliés dans la même poussière, et sauvés par le même sang.

LES

COMMUNISTES PRIMITIFS.

—◦◦◦◦◦◦◦◦◦—

Unir les intérêts c'est désunir les cœurs ;
unir les cœurs c'est unir des intérêts.

Deux amis, après avoir passé vingt ans, l'un en Amérique, l'autre en Europe, sans aucun rapport, se rencontrèrent l'autre jour à Paris. Séparés dans leur jeunesse, réunis dans leur âge mûr, ils avaient en quelque sorte à faire de nouveau connaissance. Que de changements vingt ans amènent dans les pensées et qu'on doit être éloigné surtout quand on a marché en sens contraire ! Vous allez en juger.

Après avoir échangé quelques paroles sur leurs circonstances extérieures, nos deux amis en vinrent à parler de leurs opinions les plus chères. Le Français était devenu communiste, l'Américain était membre de la société des Amis : depuis deux heures ils discutaient, s'échauffaient et ils avaient fini par parler tous les deux en même temps.

— Nous ne nous entendrons jamais en continuant ainsi, dit l'Américain, parlons chacun à notre tour sans plus nous interrompre, commencez.

— Soit, dit l'autre. Je disais donc qu'il faut organiser une commune modèle. Associez cent familles de fortunes inégales, de caractères opposés, de tous âges, avec des penchants et des goûts différents. Exploitez une lieue carrée de terrain, comme si elle appartenait à un seul homme et bientôt par la loi d'attraction, par le jeu des groupes et séries, la commune deviendra riche et puissante, et les habitants riches et heureux. Cent cabanes misérables se transformeront en un seul palais magnifique, où l'art, combinant l'économie avec le luxe, saura marier le beau et l'utile. Au lieu de cent cuisines misérables, cent caves humides, cent greniers chétifs, il y aura une seule grande cuisine, une cave, un grenier. Ces bornes, ces buissons, ces haies, ces fossés, ces grilles, ces barrières, disparaîtront, le terrain sera exploité en grand avec zèle et savoir. L'art aidera la nature, l'abondance récompensera le travail devenu plaisir.

Oui, le travail deviendra plaisir. Le travail, aujourd'hui, est un supplice, car il est forcé, monotone, méprisé ; mais faites que l'ouvrier au lieu d'être salarié soit associé, qu'il travaille pour lui-même, laissez-le choisir entre mille occupations diverses dont la commune a besoin ; qu'il travaille en groupe près de ceux que son cœur a choisis ; permettez-lui de varier ses occupations, de passer de la culture aux ateliers, d'un travail manuel à un travail intellectuel. Chassez toute contrainte, laissez agir l'attraction, elle gouverne aussi bien le monde passionnel que le monde matériel, elle sait obtenir par amorce d'amour et de plaisir ce que la société d'aujourd'hui ne sait obtenir que par nécessité et par contrainte.

L'ouvrier de la commune pourra montrer avec orgueil ses magnifiques édifices, ses champs fertiles, ses bosquets riants, ses ateliers élégants, ses troupeaux nombreux, ses musées, ses archives, ses bibliothèques, et il pourra dire sans être démenti : *Cette commune est à moi; ce château, c'est le mien.* Et il dira vrai, car il ne sera pas salarié, mais associé. La commune est son œuvre, il a déposé dans son sein le trésor de son noble travail, il n'y aura ni pauvres sans nourriture, ni vieillards sans appui, ni malades sans secours, ni enfants sans famille. La femme affranchie des premiers besoins, ne sera pas forcée de vendre son honneur pour sauver sa misérable existence. La commune sera riche et puissante, ses habitants forts, généreux, intelligents; tout y sera joies et plaisirs, et ces miracles seront obtenus par la seule attraction, par le jeu des passions harmonisées, par la fougue de l'enthousiasme, par l'économie des ressorts, par la concentration des efforts.

— A mon tour, dit l'Américain, je vais vous répondre : Admettons un moment que la réalisation de ce plan amenât un meilleur emploi de ce temps, de cet argent, de cette intelligence aujourd'hui gaspillés dans une multiplicité de petits services alors mieux utilisés par une vaste association; admettons que de cette économie et de cette meilleure administration résultât une augmentation réelle de bien-être pour tous les membres; je pense que cette aug-

mentation ne serait que peu de chose, et qu'alors
encore la misère et la souffrance seraient à la porte
des personnes chez qui elles frappent aujourd'hui.
En effet, dans toute cette belle théorie, vous ne
tenez aucun compte des vices qui se cachent et
bouillonnent au fond du cœur de l'homme. Ce n'est
pas toujours le manque de travail, la brièveté du
temps, l'étroitesse de l'esprit, qui amènent la misère et la souffrance ; c'est bien plus souvent la pa-
resse, l'incurie, le luxe et la débauche ; associez les
hommes tant que vous voudrez pour travailler mieux
et plus vîte la matière, vous n'extirperez pas pour
cela la corruption de leurs âmes ; vous aurez re-
tardé peut-être leurs maux de quelques instants,
mais vous n'aurez pas anéanti ces maux ; une
heure, un jour de plus, ces infortunés arriveront
au gouffre dont vous ne les avez éloignés que d'un
pas.

Allons plus loin, supposons gratuitement que de
cette association de cent familles résulte pour tous
les membres l'abondance de tous les biens et la
santé de toute une vie ; admettons, si vous voulez,
que chacun deviendra millionnaire, que tous auront eu le temps de cultiver les arts et les sciences,
et qu'ils seront, si bon vous semble, aussi puissants
qu'un roi sur son trône.... Vos sociétaires seront-
ils pour cela meilleurs et plus heureux ? Non, car
probablement ils ne seront alors que ce que sont
aujourd'hui ces riches, ces philosophes, ces rois
que vous blâmiez tout à l'heure ; car enfin, l'argent, la science, l'autorité acquis dans le communisme ne seront pas d'une nature différente de
l'argent, de la science et de l'autorité répandus

aujourd'hui dans le monde. Vous estimez que nos riches et nos savants ne sont pas heureux par les biens qu'ils possèdent, et vous avez raison; mais vos sociétaires devenus savants et riches seront-ils plus heureux par la possession de ces mêmes biens? Non, mille fois non; car l'expérience de la société actuelle prouve, vous en convenez vous-même, que ce n'est ni l'or, ni le savoir qui détruisent les vices, loin de là; ils engendrent l'orgueil, l'intempérance et la débauche. Si vous ne faites rien de plus pour eux, en enrichissant et en instruisant les hommes, vous leur donnez des moyens de plus de se corrompre, vous les conduisez plus sûrement à l'ennui, au dégoût et au malheur. Mais je vous entends; vous allez me répondre que vous ne comptez pas négliger la moralité (bien que ce mot ne se trouve guère dans votre théorie); vous allez me dire que joies, plaisirs, générosité, intelligence, tout cela sera obtenu *par le jeu des passions harmonisées*. Quelle singulière préoccupation peut vous aveugler à ce point? Vous dites : « Les passions des hommes prises isolément sont « mauvaises, mais, combinées entre elles, opposées « les unes aux autres, elles deviennent bonnes! » Autant vaudrait dire que des rouages épars, brisés, rouillés, feront étant réunis, une machine parfaite, indiquant l'heure et la minute. Autant vaudrait soutenir que des loups, des lions et des tigres féroces, et rugissants chacun dans leurs cages, formeraient, libres dans une seule enceinte, une société paisible et heureuse. Je le demande, comment harmoniser les passions? L'orgueil ne sera-t-il pas toujours l'orgueil; c'est-à-dire le monstre insatiable qui déchire tout ce qu'il rencontre jusqu'à son propre sein pour attirer les regards et les applaudissements? L'avarice et l'avidité cesseront-elles d'être l'avarice et l'avidité ruinant autrui pour s'enrichir alors même qu'on n'a besoin de rien? Mais je vous comprends encore : vous voulez tempérer la passion d'un homme en la satisfaisant en partie, ou en la contrebalançant par une passion différente, ou bien enfin, en lui donnant pour contrepoids la passion d'un autre homme; en d'autres termes, vous prouverez à tous que l'intérêt bien entendu leur conseille la modération et la vertu. Mais alors qu'aurez-vous fait que ne produise pas déjà l'organisation de notre société actuelle? N'est-ce pas sur ce principe que reposent aujourd'hui nos rapports sociaux? Chacun ne modère-t-il pas une de ses passions pour en faire triompher une autre? Ne cache-t-il pas son orgueil pour favoriser ses intérêts, ou ne sacrifie-t-il pas son or pour flatter sa vanité? Chacun ne dissimule-t-il pas son égoisme, n'affecte-t-il pas la générosité pour obtenir quelque service? Et la concurrence que vous condamnez si haut dans le commerce, et que vous avez si fortement à cœur de faire disparaître, ne se montrera-t-elle pas sous une autre forme dans les passions de vos sociétaires? Sans doute, les produits des travaux leur appartiendront en commun; mais la rivalité pour obtenir un poste dans votre société elle-même, mais l'orgueil qui nous assigne toujours la place où nous ne sommes pas, mais la jalousie qui voit avec peine qu'un autre fasse mieux ou possède plus; mais la médisance et la calomnie qui s'exercent d'autant mieux qu'il se fait plus de bien autour d'elles, mais l'intempérance, mais le luxe qui se développent surtout dans l'abondance, mais tous les vices enfin, comment détruire tout cela? Je l'avoue pour mon compte, je n'en sais rien.

Je me résume : vous voyez le mal chez les grands, chez les savants, chez les riches, et vous vous adressez à ceux qui ne sont rien de tout cela pour produire le bien. Vous auriez dû faire un pas de plus pour être dans la vérité : c'était de dire que les uns ne valent pas mieux que les autres ; car vous reconnaîtrez, sans doute, que le mal est dans les hommes et non dans les choses, dans les riches et non dans les richesses, dans les savants et non dans la science, puisque vous-même désirez richesses et science pour tout le monde. Ainsi, quand les pauvres seront devenus riches, ils prendront les vices des riches; de même que lorsque les riches deviennent pauvres ils prennent les faiblesses des pauvres ; riches et pauvres sont tous de la même chair, il faut donc remonter à ce qui n'appartient ni à la richesse, ni à la pauvreté, pour trouver la source du mal; il faut remonter à ce qui est commun à tous, savants ou ignorants, artisans ou empereurs, il faut arriver à la nature corrompue du cœur humain, et oser dire à tous sans flatter personne, pas même les petits : « vous êtes naturellement mauvais. »

— Ainsi, d'après vous, le monde entier est voué au malheur? Il faut abandonner toute idée de réforme, d'amélioration et surtout de communauté?

— Non, mais il faut reconnaître qu'on peut être heureux ou malheureux avec ou sans cette communauté. Je repousse si peu le communisme que je voudrais l'établir moi-même; mais par d'autres moyens que ceux que vous indiquez : tandis que vous pensez qu'il suffit d'associer cent familles, dont chaque membre est en particulier mauvais, pour en faire un ensemble vertueux; je pense, au contraire, qu'il faudrait, avant de les faire vivre en commun, commencer par donner à chacun de bonnes dispositions.

— Mais c'est impossible !

— Tellement impossible qu'on l'a déjà réalisé.

— Où ?

— Dans tous les pays.

— Quand ?

— Dans tous les temps.

— Expliquez-vous.

— Volontiers, et pour être mieux compris je vous parlerai d'abord d'une association de communistes qui s'était formée en Asie il y a dix-huit siècles. Voici ce que dit l'histoire de cette société : « Per-« sonne ne disait que ce qu'il possédait fût à lui en « particulier, mais toutes choses étaient communes « entre eux. »

— Quel était le nom de cette société ?

— Je vous le dirai plus tard; pour le moment je la nomme la société des *communistes primitifs*.

— Soit. Vous voyez donc par l'exemple que vous me citez vous-même, que la communauté est chose possible?

— Oui, mais écoutez à quelle condition. Voici les mots qui précèdent ceux que je vous ai rapportés de l'histoire de cette société primitive : « Ils n'avaient « qu'un cœur et qu'une âme. » C'est-à-dire qu'ils s'aimaient, avaient les mêmes sentiments, les mêmes désirs, et que, marchant vers le même but, ils ne risquaient pas de se heurter en chemin. Repré-

sentez-vous un être qui aurait, non pas deux bras,
mais quatre, non pas une tête, mais deux, et qui
cependant n'aurait qu'une âme; ces bras et ces têtes se contrarieraient-ils dans leurs actions? Suppo-
sez que cet être ait têtes et bras multipliés à l'infini,
aussi longtemps que l'âme est unique l'action aussi
le sera; plus de guerres, plus de disputes, plus de
haines; mais affections et pensées en harmonie.

— Vous allez de mieux en mieux, c'est-à-dire
d'impossible en plus impossible encore; comment
voulez-vous donner à des hommes divers un seul
cœur et une seule âme?

— En leur donnant une même foi; car il est dit,
toujours dans l'histoire de mes communistes primitifs, que ceux qui avaient mis leurs biens en commun, ceux qui n'avaient qu'un cœur et qu'une âme
c'étaient *ceux qui avaient cru en Jésus-Christ*[1].

— Quoi! la foi en Jésus-Christ avait suffi pour
leur donner à tous un même cœur?

— Sans doute, et vous allez le comprendre : A
leurs yeux, ce Jésus était le fils de Dieu lui-même,
venu sur la terre pour leur donner le ciel, à la simple
condition qu'ils se confieraient à lui. Ces hommes
dont les uns sentaient la vanité des superstitions
qu'ils avaient jusque-là pratiquées, dont les autres
se rappelaient les désordres de leur vie passée, ces
hommes parmi lesquels se trouvait le peuple juif
qui cinquante jours auparavant avait crié à Pilate
en parlant de Jésus : « crucifie-le! crucifie-le! » les
sacrificateurs qui l'avaient condamné à mort, les
misérables qui avaient porté contre lui de faux té-

---

[1] Voyez les premiers chapitres des Actes des Apôtres dans le Nouveau
Testament.

moignages, les scribes qui s'étaient moqués de lui sur Golgotha, tous ces hommes tourmentés dans leur conscience en entendant dire que ce Jésus les aime encore, leur pardonne tout, et leur assure le bonheur pour une éternité, sont touchés de componction, émus de reconnaissance, et leur foi devient ainsi la source de sentiments tous nouveaux et à tous communs. Leur désir est le même : plaire à leur bienfaiteur, et pour lui plaire ils savent qu'ils doivent l'aimer, comme lui-même les aime; s'aimer entre eux, et surtout se dépouiller des passions mauvaises, source de désordres et de haines. Vous le voyez donc, leur foi produit l'amour envers Celui qui les sauve, et leur amour amène l'obéissance pour Celui qui leur a dit : « Vous êtes tous frères, aimez-vous les uns les autres comme je vous ai aimés; » à moins de prétendre que la reconnaissance est sans action sur le cœur de l'homme; vous ne sauriez donc nier que la foi en un même Sauveur n'amène les mêmes sentiments, et ne facilite ainsi la vie en commun.

— Tout cela est bel et bon, mais je vois tant de gens, tant de dévôts qui disent croire en Jésus-Christ, et qui cependant se disputent entre eux, et haïssent les autres, que tout en admirant votre théorie, je doute beaucoup de votre pratique.

— Oui, les gens dont vous parlez disent qu'ils croient; mais dire ce n'est pas faire; soyez certain que s'ils vivent dans la haine et la dispute, c'est qu'ils mentent et ne croient pas. Leur exemple n'anéantit donc pas celui des communistes primitifs, qui prouve, lui, la divinité de la foi chrétienne.

— La divinité?

— Oui, sa divinité : car, tel fruit tel arbre ; la communion de ces hommes était bonne, donc leur foi était vraie et divine. Si nous n'avions pour le croire que les quelques lignes que je vous ai rapportées, vous pourriez douter de la réalité des faits ; mais remarquez que cette foi a toujours produit les mêmes résultats. Les vrais chrétiens de tous les tems et de tous les lieux ont eu des ressemblances si profondes, qu'il n'y a que la divine origine de leur foi qui puisse les expliquer. La foi de saint Paul, de saint Augustin, de Fénélon et de Luther a fait naître chez tous ces hommes des sentiments qui leur auraient permis de vivre ensemble bien plus heureusement que ne le pourraient aujourd'hui cinq communistes modernes, qui n'ont de commun que leur désir d'être heureux chacun par les concessions des autres. En effet, je vous le demande : Lorsque vous formez ces beaux rêves de communauté, et que vous vous y représentez chacun se ployant à la convenance de tous, ne pensez-vous pas plus à votre bien qu'au leur, et plus à leurs concessions qu'aux vôtres ? N'est-ce pas encore en vue de vous-même que ces projets vous charment ? Il en est des autres comme de vous. Chacun songe beaucoup au bonheur que la masse des associés lui apportera, et fort peu au bonheur qu'il sera tenu de leur apporter lui-même ; de sorte qu'en cherchant à me représenter cent de vos communistes arrivant de toutes parts pour former une société, il me semble voir cent infortunés se tendant la main les uns aux autres en disant : « donnez, donnez-moi du bonheur ! — Cher ami, dirait l'autre, c'est justement ce que je venais moi-même vous demander. » Le chrétien, au contraire, pour arriver à la communion des cœurs, songe plus à s'imposer qu'à demander des sacrifices, et comme il les fait par amour pour Celui qui l'a sauvé, ces sacrifices lui sont doux et faciles; il est heureux de recevoir, mais encore plus heureux de donner; heureux qu'on se sacrifie à lui, mais plus heureux de se sacrifier. Vous le voyez, la source de sa félicité est dans son propre cœur, et il peut jouir dans la solitude et dans la communauté, avec des frères et avec des étrangers, au milieu d'hommes vertueux qu'il aime, et au milieu des méchants qu'il s'efforce d'améliorer.

— Mais vous voilà bien loin de la communion du cœur, si vous êtes avec des étrangers et parmi des méchants?

— C'est ce qui vous trompe. Au milieu des étrangers et des méchants, je suis encore en communion avec mon Dieu que je prie, dont je lis la Parole et dont je porte le Saint-Esprit dans mon cœur.

— Voilà du mysticisme !

— Oui, pour ceux qui n'ont rien expérimenté de semblable, mais essayez : lisez la Bible, priez Jésus, et peut-être avant peu direz-vous avec moi : *La véritable communauté c'est la communion des chrétiens!*

DU

RESPECT DES LOIS.

———————

« La souveraine habileté, c'est la conscience. »
LAMARTINE.

Un malaise profond travaille notre société actuelle. On croit en vain avoir pansé ses plaies ; elles ne guérissent point. Des symptômes alarmants révèlent des ravages intérieurs, dont les progrès incessants déjouent toutes les prévisions, tous les calculs de la la sagesse humaine. Quelle est la cause de cette maladie sociale ? Demandez-le aux hommes politiques ; ils accusent la marche du gouvernement actuel ou du gouvernement précédent. Comme si nous n'avions pas essayé toutes les formes de gouvernement ! Aucun d'eux n'a pu arrêter le mal. Il continue à aller en croissant. Questionnez les socialistes. C'est, nous disent-ils tout d'une voix, l'organisation sociale qui est vicieuse et qu'il faut changer. Nous avons entendu l'exposé de leurs théories, et le peu que nous en avons pu comprendre a révolté notre conscience el le sens commun. Écoutez je ne sais quels admirateurs du moyen âge. Ils nous reprochent notre incrédulité, fille, disent-ils, de la philosophie, et prétendent nous faire remonter aux temps qu'ils considèrent comme l'âge d'or de la foi. L'Italie et l'Espagne sont là pour nous dire si c'est le joug des prêtres qui nous sauvera.

Aussi pourquoi consulter les autres? Cherchons plutôt la réponse en nous-mêmes; descendons dans le fond de nos consciences. Écoutons la voix QUI NE TROMPE JAMAIS. Pour l'entendre, faisons silence dans nos âmes. Que ce vain bruit de vagues accusations, de récriminations, d'excuses frivoles, d'arguments sans valeur devant Dieu soit écarté! En présence de Celui qui voit tout, qui sonde les cœurs et les reins, dites, ne sommes-nous pas nous-mêmes les vrais coupables?

De toutes les plaies sociales, celle à laquelle il est le plus urgent de porter remède, c'est le manque de respect pour les lois, l'absence de légalité. L'idée du devoir semble s'être effacée. L'obligation d'obéir aux lois existantes, n'est plus envisagée généralement comme une rigoureuse nécessité. Nulle tribune ne le proclame chaque jour. Nulle presse n'est consacrée à propager cette idée. Nul parti politique n'en a fait sa devise. Sans doute, on voit encore parfois la loi invoquée par les partis contre leurs adversaires, mais à la manière dont les uns attaquent, dont les autres se défendent, on ne peut s'empêcher de penser que ni les uns ni les autres ne sont au fond préoccupés de l'intérêt sacré de la loi; tous ensemble sont guidés par leur intérêt personnel ou par leurs passions.

Si des régions de la politique, nous descendons dans les rangs des citoyens, qu'y voyons-nous ? De grandes multitudes ignorant les lois de leur pays, qui ne s'inquiètent point de les connaître et que personne ne cherche à mieux instruire. D'autres, plus éclairés, savent quelles sont leurs obligations, mais ils n'ont nul souci de s'y conformer. Le devoir n'entre pour rien dans les motifs de leurs déterminations. On calcule les conséquences probables de ses actes et l'on se décide pour ce qui paraît devoir produire les résultats les plus avantageux. « Fais ce que « dois, advienne que pourra, » est une vieille devise oubliée. On s'est si bien habitué à ne plus penser ainsi, qu'on aurait presque honte d'agir différemment. Je fais ceci, parce que cela est prescrit, c'est un langage inusité parmi nous, et que ne tiendrait pas sans embarras celui-là même qui a à cœur d'obéir. Nous faisons précisément l'inverse de ce que commande Notre Seigneur quand il dit : « Cherchez « premièrement le royaume de Dieu et *sa justice,* et « tout le reste vous sera donné par surcroît. » (Matth. VI, 33.)

Cet esprit d'insubordination que l'Écriture et notre conscience condamnent également, y sommes-nous étrangers, cher lecteur ? C'est pourtant bien ce qui cause le désordre, ce qui crée l'anarchie et produit tous les maux. Nous le rencontrons partout, en haut et en bas, chez les grands et chez les petits, chez les riches et chez les pauvres, chez les puissants et chez les faibles. Les dépositaires du pouvoir eux-mêmes, les agents de l'autorité publique depuis les ministres jusqu'aux gardes champêtres, n'en sont pas exempts. Tous font de l'arbitraire en consultant leurs opinions, leur intérêt ou leur bon plaisir plus souvent et plus volontiers que les textes de lois. La loi semble être une arme mise dans leurs mains pour servir à volonté plutôt qu'un glaive suspendu sur leurs propres têtes. Les contribuables n'agissent pas mieux. Ils ne se font pas le moindre scrupule de frauder les impôts auxquels ils croient pouvoir échapper sans danger. Dans toutes les classes de citoyens, se trouve le même mépris de la loi. On tient à honneur, dirait-on, de braver les lois qu'on a osé déclarer injustes, inutiles ou vexatoires. C'est ce qu'on appelle faire acte d'indépendance. Chacun se constitue juge de la loi; nul ne veut plus être jugé par elle. Personne ne sait s'incliner et obéir. Et au milieu de cette anarchie générale, on s'étonnerait encore du malaise que nous ressentons! En pourrait-il être autrement, quand le premier de tous les principes est méconnu? quand toutes les règles et toutes les lois sont devenues illusoires? quand chacun veut commander, personne obéir? quand la loi n'est plus qu'un mot vide de sens? Dites, en pouvait-il être autrement?

L'obéissance, c'est la première condition de notre existence. Dieu n'a créé aucun être, animé ou inanimé, sans lui assigner sa place, sa fonction, son œuvre à accomplir, sans lui tracer les règles de son développement et de son action. L'homme n'est pas asservi à une loi de nécessité, comme la matière inerte, ni à une loi d'instinct comme les animaux; son obéissance est une obéissance volontaire; sa loi à lui est une loi morale. Et voilà ce qui l'élève si haut au-dessus des autres créatures, quand ayant reconnu par sa conscience et sa raison la volonté de son Dieu, il s'y soumet par un acte spontané de son libre arbitre; mais c'est aussi ce qui lui rend possible de tomber si bas au-dessous d'elles quand il met son propre vouloir au-dessus du commandement de Dieu. Car pour l'homme aussi bien que pour toute autre créature, se conformer aux vues du Créateur, obéir, c'est être en harmonie avec tout le reste de la création, c'est le bonheur, tandis que se révolter contre les lois de sa destinée, c'est se mettre en état de lutte contre tout ce qui l'entoure, c'est le malheur. L'obéissance à la règle posée est le principe de toute société organisée. Sans elle, on retombe dans la plus odieuse sauvagerie, dans le néant social. Celui qui ne sait pas se soumettre à Dieu s'exclut lui-même du royaume de Dieu; celui qui ne supporte pas le joug des lois se met lui-même au ban de la société.

Et maintenant, faisons un retour sérieux sur nous-mêmes. Avons-nous bien sincèrement pris la ferme résolution de renoncer toujours et partout à notre volonté personnelle quand elle est en contradiction avec les lois qui nous régissent? Le faisons-nous sans hésiter en secret comme en public? Ou nous bornerions-nous peut-être à éviter les violations les plus flagrantes, afin de ne pas encourir les peines qui nous atteindraient alors, et la honte qui les accompagne? Une telle obéissance, purement extérieure, tandis que le cœur est en révolte, serait loin d'être suffisante, chacun le comprend. L'ordre qui en résulterait serait peut-être un état de repos matériel, ce ne serait point de l'ordre moral. Pour concourir d'une manière utile au bien général, pour apporter à l'amélioration de la société dans laquelle nous vivons le tribut de nos forces, il faut que nous ayons accepté cette société avec ses lois, que nous ne nous regardions pas nous-mêmes comme en étant indépendants, que nous ne travaillions pas directement ou indirectement à son renversement. Tant que nous ne pratiquons pas cette soumission entière et absolue, nous sommes bien forcés de prendre notre part de responsabilité au désordre, dont l'esprit d'insoumission est l'auteur. Nous sommes non-recevables à nous plaindre des autres; nous devons rechercher avant tout à plier nous-mêmes sous la loi qui nous régit; alors seulement nous pourrons, en bonne conscience, demander à nos concitoyens la même soumission.

Et comment nous deviendra-t-elle possible, cette obéissance vraiment chrétienne? Notre expérience nous l'a démontré : il ne suffit pas de se proposer, dans quelque bon moment, de faire le bien. Le mal trop souvent nous entraîne. Aussi n'y aurait-il pas quelque folie d'attendre l'obéissance à la loi des hommes de la part de ceux qui ne savent pas même écouter la loi vivante écrite par Dieu dans leurs consciences?

« La crainte de l'Eternel est le commencement de la

« sagesse. (Prov. IX, 10.) Le respect de Dieu est le principe de tout respect humain. L'obéissance envers Dieu est la base de toute obéissance sincère à la loi des hommes. Comment donc la crainte de Dieu se répandra-t-elle dans nos âmes et parmi notre nation? Telle est la grande question que le siècle se pose. Il ne suffit point de la prêcher du haut des chaires, de l'enseigner dans les écoles, de l'imprimer dans les livres. Les oreilles restent fermées, les cœurs endurcis et les âmes ne s'en pénètrent point. En vain nous menace-t-on des peines de l'enfer : personne ne s'en effraie, le monde rit de ces menaces.

Il faut quelque chose de plus persuasif. L'obéissance envers Dieu est un acte de confiance et d'amour. Si nous pouvions reconnaître en Dieu le Père sage et miséricordieux, qui a préparé notre félicité éternelle et qui nous y convie, nous n'hésiterions pas à nous remettre à lui. Un pas décisif sera fait dans la voie de l'obéissance quand nous aurons saisi par la foi et par l'intelligence le sens profond de ces paroles : « L'a-« mour de Dieu envers nous a paru en ceci, c'est que « Dieu a envoyé son Fils unique dans le monde, afin « que nous ayons la vie par lui. C'est en ceci que « consiste cet amour, que ce n'est pas nous qui avons « aimé Dieu les premiers, mais que c'est lui qui nous a « aimés et qui a envoyé son Fils pour faire la pro-« pitiation de nos péchés. » (1 Jean IV, 9 et 10.) Nous ne saurions comprendre vraiment cette divine déclaration, sans une étude sérieuse des Saintes-Écritures. Cette étude est la source de toute vie spirituelle. Par elle devient efficace en nous l'action du

Saint-Esprit qui seul développe et vivifie la conscience. Elle seule répondant parfaitement à tous les
besoins incompris de nos cœurs, sait mettre à sa
vraie place chacun de nos sentiments et établit l'harmonie dans nos âmes. Sous cette influence bénie,
l'idée vague et indécise d'un Dieu juste et bon, qui
ne peut être juste sans cesser d'être bon, qui ne peut
être bon sans cesser d'être juste, se transforme en
l'image d'un Dieu parfaitement saint, qui a horreur
du mal, et devant qui le mal ne saurait subsister,
mais qui dans ses compassions infinies a su détruire
le péché sans anéantir le pécheur. Les regrets inutiles qu'inspirent même à notre cœur naturel nos in-
nombrables manquements deviennent une poignante
douleur, une profonde contrition ; ils se changent
en larmes abondantes versées devant la face de Dieu.
Les bonnes résolutions que nous prenons et que nous
n'avons jamais la force d'exécuter se changent en une
faim et une soif de la justice de Dieu. Et lorsque,
pénétrés du sentiment de notre culpabilité, nous
sentant incapables de nous relever par nous-mêmes,
errants comme des brebis égarées, déchus de la communion avec Dieu, nous voyons venir à nous cet amour
suprême qui, après s'être uni à l'humanité perdue,
s'offrit lui-même en holocauste pour l'expiation de
nos péchés, quand nous contemplons cette tête cou-
ronnée d'épines, qui se penche sous le poids de la
colère de Dieu éveillée par *nos* transgressions, quand
dans ce sacrifice, nous avons trouvé notre propre
réconciliation, notre rédemption, notre salut. Oh !
alors notre cœur se brise et par un irrésistible mou-

vement d'amour, nous nous offrons nous-mêmes à ce Dieu débonnaire. Nous sacrifions avec joie notre propre volonté, nous renonçons à notre propre sentiment, pour accomplir la volonté de Celui que nous aimons, après nous être sentis aimés de lui. Il nous en coûte peu alors de pratiquer ses commandements, car nous aimons sa loi comme nous l'aimons lui-même. Nous l'accomplissons d'abord en enfants soumis et reconnaissants, et c'est ainsi que nous arrivons par degrés à une intelligence toujours plus claire de sa sainte volonté. Notre volonté finit par se confondre avec la sienne et nous sommes accomplis quand nous ne voulons plus rien que ce qu'il veut lui-même. Sans doute, cette perfection, proposée pour but à nos efforts, nous ne l'atteindrons pas ici-bas. Nous ne sommes pas parfaits, nous tendons seulement à le devenir. Or, en dehors de cette tendance, il n'y a point d'obéissance digne de ce nom.

Un homme animé de ces dispositions, pourrions-nous en douter? n'aura nulle peine à se soumettre aux lois de son pays. Il a soumis son cœur à Dieu; — l'obéissance ne lui coûte plus : il y est façonné. Il a appris à renoncer à ses désirs, à crucifier la chair avec ses convoitises, à lutter sans cesse contre les séductions de ses passions. Il obéit facilement aux puissances établies, en tout ce qui n'est pas contraire aux lois divines, car il a recherché dans les préceptes de l'Évangile les règles de sa conduite et il a lu dans la sainte Bible :

« L'enfant obéit en toutes choses à son père et à

« sa mère : *car cela est agréable au Seigneur* (Coloss.
« III, 20).

« La femme est soumise à son propre mari, *com-*
« *me cela se doit selon le Seigneur* (Coloss. III, 18).

« Le serviteur obéit en toutes choses à celui qui
« est son maître selon la chair, ne servant pas seu-
« lement sous ses yeux comme s'il ne cherchait qu'à
« plaire aux hommes, mais dans la simplicité de son
« cœur et *dans la crainte de Dieu* (Coloss. III, 22).

« Tous ensemble sont soumis à tout ordre humain
« *pour l'amour du Seigneur,* soit au roi comme à celui
« qui est au-dessus des autres, soit aux gouverneurs
« comme à ceux qui sont envoyés de sa part (de la
« part du Seigneur) (1 Pierre II, 13.). »

Nous tous donc, qui voulons le maintien de l'ordre, ne nous fions point à cet effet à la puissance des
bayonnettes. Elles ont fait défaut à bien d'autres qu'à
nous ; elles nous abandonneront, nous aussi, dans
quelque moment critique et décisif.

Propageons les idées de soumission et d'obéissance; mais ne le faisons qu'après nous être soumis
nous-mêmes à Dieu le seul maître légitime et sou-
verain. Proclamons hautement en son nom les grands
faits de l'évangile, l'amour immense qu'il nous a ma-
nifesté en nous donnant son fils unique, afin que quiconque croit en lui ne périsse point, mais qu'il ait
la vie éternelle (Jean III, 16). Une conviction profonde, soutenue par l'exemple de ceux qui la profes-
sent, est bien puissante sur les hommes. Elle l'est
surtout dans ce siècle qu'on dit vide de foi, et qui
est peut-être plutôt avide de foi. L'exemple de la

foi et de l'obéissance n'est point perdu. Il se répand sans interruption et qui pourrait dire que, de proche en proche, il ne gagnera pas toute la nation? Ah! si cette vie nouvelle pénétrait tous les rangs de la société, nos mandataires, représentants fidèles de la nation, auraient bientôt retrouvé cette image de la loi divine, ces principes d'éternelle justice et d'éternelle vérité, qui, lorsqu'ils dictent les lois humaines, leur impriment le cachet indélébile qui commande les respects des peuples.

Alors nos lois, n'étant plus faites dans des intérêts de partis, seront proposées, soutenues, attaquées et défendues au nom des principes immuables que toutes les consciences proclament. Chaque loi écrite sera devenue la traduction d'une loi divine et supérieure. Et si en même temps les idées d'obéissance font des progrès, on peut espérer ne plus voir ce spectacle déplorable auquel nous assistons d'autorités continuellement outragées, de lois publiquement conspuées, d'appels incessants à l'illégalité, à l'insubordination et à la révolte. A l'ordre maintenu par la contrainte, auront succédé un calme et une sécurité véritables. La paix au dedans et au dehors prendra la place de la tourmente politique qui ébranle toujours et n'édifie jamais.

L'ère des révolutions sera fermée; celle des progrès pacifiques s'ouvrira.

Cet avenir n'est-il qu'une illusion? Oui, c'est une illusion s'il faut croire que les peuples seront à jamais sourds à la voix de la sagesse, si la seule voio de salut doit rester toujours délaissée. Mais ce n'en est pas une pour ceux qui croient que l'Évangile de Christ a les promesses de l'avenir, et que ses principes doivent un jour dominer sur la terre.

Chrétiens, mes frères, vous tous qui invoquez le nom du Seigneur Jésus, souffrez que je vous le dise, moi qui ai péché comme vous. Si l'esprit d'obéissance est trop peu répandu, à nous, à vous et à moi la première faute. Nous avions à notre disposition des forces invincibles et nous ne nous en sommes point servis. Nous avions la puissance de la foi. « La « victoire par laquelle le monde est vaincu, c'est no « tre foi. Qui est celui qui est victorieux du monde, « sinon celui qui croit que Jésus est le fils de Dieu? « (1 Jean V, 4 et 5). » Nous avions la puissance de la prière : « En vérité, en vérité, je vous le dis, que « tout ce que vous demanderez au Père en mon nom, « il vous le donnera (Jean XVI, 23). » Nous avions le secours de celui qui a dit : « Toute puissance m'est « donnée dans le ciel et sur la terre. Voici, je suis « toujours avec vous jusqu'à la fin du monde (Matth. « XXVIII, 18 et 20.) » Ces forces-là auxquelles la victoire était assurée, nous n'en avons point usé, ou nous n'en avons usé qu'avec infidélité. Nous avons manqué de foi dans les promesses qui nous ont été faites et par conséquent d'énergie dans le témoignage que nous avons rendu à Dieu. Et à ce témoignage, déjà si affaibli, nous avons ôté toute efficace, faut-il l'avouer? par le démenti que nous lui avons donné dans notre propre conduite. Ce n'est pas seulement dans le secret de nos cœurs que nous avons contristé notre Sauveur, ce n'est pas même uniquement au foyer domestique, loin des regards du monde, que nous avons été infidèles. Notre vie publique, notre vie de citoyens elle-même est entachée d'une multitude d'infidélités, dont chacune a porté un immense préjudice à la cause de notre foi.

Qui de nous oserait se dire à l'abri du reproche ? Qui de nous, passant sa vie en revue, ne trouvera à faire un long inventaire d'infractions de tout genre ?

Je ne demanderai pas comment nous avons rempli nos mandats, magistrats et fonctionnaires de l'ordre religieux, civil ou militaire, et si chacun de nous s'est appliqué à respecter, ainsi qu'il l'a promis par serment, les instructions spéciales pour ses fonctions:

Je n'examinerai point si nous n'avons jamais fait cause commune avec la révolte et l'insubordination, si nous n'avons pas approuvé par nos paroles ou peut-être par notre silence des actes contraires aux lois et à la discipline.

Je n'appellerai l'attention que sur un seul genre d'obligations, que sur une seule nature de lois, les lois fiscales, et je vous demande:

Avez-vous acquitté exactement tous les impôts que vous deviez au trésor public?

Ici, remarquez-le bien, vous ne pouvez faire valoir aucune excuse plausible. Il ne s'agit que d'une affaire d'argent. S'il vous est arrivé de contrevenir à la loi de l'impôt, l'intérêt, le vil intérêt a été le seul mobile auquel vous avez cédé, vous n'en pouviez avoir d'autre.

Vous n'invoquerez pas l'exemple du grand nom-

bre. Ce serait oublier ce commandement déjà donné
à Moïse : « Tu ne suivras point la multitude pour
« faire le mal (Exode XXIII, 2). »

Vous ne vous plaindrez pas du préjudice que vous
éprouverez en payant tout ce que vous devez, pen-
dant que d'autres en fraudent une partie. Le chrétien aime mieux supporter le tort que faire le mal.
« Mais moi je vous dis de ne pas résister à celui qui
« vous fait du mal (Matth. V, 39). »

Ces sortes d'infractions à la loi devraient être au-
dessous de tout homme qui se respecte : elles devraient surtout être inconnues à ceux qui veulent
être disciples de Christ. Eh bien ! examinons ensemble, vous répondrez.

Je laisse de côté tous les impôts confiés aux admi-
nistrations des contributions directes, des postes,
des douanes, des contributions indirectes et, *pour
abréger notre examen,* je ne passerai en revue qu'une
partie des perceptions faites par les employés de
l'enregistrement.

Vous, héritiers et légataires, avez-vous eu bien
soin d'acquitter les droits de succession sur la tota-
lité de ce qui vous est échu, sans rien recéler au
trésor ? Avez-vous eu devant les yeux les peines in-
fligées par l'art. 39 de la loi du 22 frimaire an 7,
pour les omissions et pour les insuffisances d'éva-
luation ?

Vous, acquéreurs et vendeurs, n'avez-vous signé
aucun contrat de vente énonçant un prix frauduleux,
sans souci de la vérité, sans respect pour les articles
17 et 40 de cette même loi de frimaire ?

Vous, rentiers et locataires, avez-vous fait enregistrer dans les trois mois de leur date les baux et locations sous seings privés passés entre vous, comme le veulent les articles 13, 22 et 38 de la même loi?

Vous, négociants et industriels, ne vous a-t-il pas fallu les rigueurs de la loi du 5 juin 1850 pour vous déterminer à n'employer que du papier timbré, pour tous les effets de commerce que vous souscrivez et que vous acceptez? Et encore, même aujourd'hui, vos portefeuilles sont-ils nets de toutes contraventions?

Vous propriétaires, vous commissionnaires, avez vous observé fidèlement le décret du 3 janvier 1809 dont l'article premier porte : « Les lettres de voi- « ture, connaissements, chartes-parties et polices « d'assurances continueront d'être assujettis au tim- « bre de dimension? » Si vous êtes assurés sur la vie ou contre les dangers du feu, consultez vos polices d'assurances, voyez et répondez !

Et nous tous enfin, quel égard avons-nous eu aux prescriptions des articles 12 et 16 de la loi du 13 brumaire an 7, qui soumettent au droit de timbre toutes les quittances excédant 10 francs ?

Ces questions pourraient être multipliées à l'infini, mais elles suffisent pour nous faire voir combien peu nous avons eu souci de la loi, combien nous avons agi avec légèreté. Voyons maintenant quels ont été les funestes résultats de toutes ces fraudes, auxquelles nous avons participé.

La fraude prive le trésor chaque année de plusieurs centaines de millions. Elle travaille ainsi continuellement à ruiner nos finances. Elle a obligé tous les gouvernements à solder des armées d'employés chargés de la réprimer; elle a provoqué l'esprit de fiscalité et les mesures vexatoires; elle a nécessité l'élévation des tarifs; elle a empêché les dégrèvements réclamés par l'opinion publique; elle a jeté, par là, dans les populations le mécontentement et la désaffection; elle a préparé les révolutions.

La fraude a de plus perverti l'esprit de la nation ; c'est par elle surtout que le mépris des lois a fait de si tristes progrès. Les droits de douane ont fait naître la contrebande, école toujours ouverte de vagabondage et de vol. Les droits réunis ont habitué les vignerons, les tonneliers, les aubergistes aux transports en fraude et aux falsifications. Les droits d'enregistrement ont eu pour résultat de dénaturer tous les contrats devenus des mensonges authentiques. L'action de la fraude est une action démoralisante à la fois générale et continue. Elle a porté les plus graves atteintes à la conscience et à la probité nationales. Car il ne faut pas se le dissimuler, une conscience entamée sur un seul point est une conscience énervée et vaincue : c'est comme la France, qui ne pourrait livrer une seule de ses frontières à l'ennemi sans se déshonorer.

Chrétiens, serons-nous plus longtemps les complices d'un semblable péché? Ah ! relevons-nous de nos défaillances et ne foulons pas plus longtemps aux pieds des commandements aussi formels que ceux-ci :

« Rendez donc à César ce qui appartient à César,
« et à Dieu ce qui appartient à Dieu (Luc XX, 25). »

« Rendez donc à chacun ce qui lui est dû, le tri-
« but à qui vous devez le tribut, les impôts à qui
« vous devez les impôts, la crainte à qui vous devez
« la crainte, l'honneur à qui vous devez l'honneur
« (Romains XIII, 7). »

Si tous nos actes avaient toujours fait voir que
nous sommes soumis aux *lois dans la crainte de Dieu,*
notre témoignage en eût eu bien plus de puissance.
Le monde eût depuis longtemps distingué cette classe
de citoyens qui, en tout lieu et en tout temps, sait
sacrifier l'intérêt au devoir, l'argent à la vérité; il eût
discerné le principe de cette conduite et compren-
drait que la religion est autre chose que l'idée qu'il
s'en fait le plus souvent, autre chose qu'un as-
semblage de dogmes obscurs, de pratiques puériles
et de maximes sans chaleur et sans vie. Le lien logi-
que qui unit le dogme et la morale évangéliques se
fût montré dans la pratique, et eût confondu par un
éclatant exemple ceux qui vantent la morale chrétienne tout en rejetant le dogme chrétien, ôtant ainsi
à la fois toute base et toute force à cette morale même qu'ils exaltent.

Si c'est une inconséquence de la part des incré-
dules de demander les fruits de la foi, quand ils ont
coupé l'arbre par les racines, il y a une inconséquence non moins grande, c'est celle de ceux qui
s'appellent *chrétiens* et dont la foi ne se manifeste point
dans leurs œuvres. Je ne sais en vérité qui je dois
plus accuser de folie, ceux qui veulent le renoncement, l'abnégation, le dévouement, et qui renient
Christ qui seul les inspire, la foi qui seule les pro-

duit; ou ceux qui croient au renoncement, à l'ab-négation, au dévouement de Jésus-Christ, et qui cependant n'ont point crucifié leur propre volonté. De ceux qui demandent l'obéissance à l'État sans obéir eux-mêmes à Dieu, ou de ceux qui croient obéir à Dieu, tandis qu'ils méconnaissent les lois de leur pays, lesquels sont les plus inconséquents?

« Que toute personne soit soumise aux puissances
« supérieures; car il n'y a point de puissance qui
« ne vienne de Dieu; et les puissances qui subsistent
« sont établies de Dieu. C'est pourquoi celui qui s'op-
« pose à la puissance, s'oppose à l'ordre que Dieu
« a établi; et ceux qui s'y opposent attireront la con-
« damnation sur eux-mêmes (Rom. XIII, 1 et 2). »

O besoin d'être aimé! Feu sacré! Flamme pure!
Sorti du sein de Dieu pour vaincre le péché!
Comment viens-tu briller dans notre fange obscure?
Dans des cœurs corrompus tu gîs, trésor caché.
Être aimé, puis aimer : c'est le bonheur, la vie.
Ne vivre que pour soi, sans aimer, c'est la mort.
A l'amour infini Jésus-Christ nous convie ;
Dans l'égoïsme ingrat le péché nous endort.
C'est la vertu de Dieu luttant contre le vice,
C'est le cœur de Jésus sollicitant nos cœurs,
C'est le Fils éternel s'offrant en sacrifice,
Et mourant sur la croix pour guérir nos langueurs.
Je ne résiste plus à cet appel suprême :
L'égoïsme est vaincu, je reconnais mon roi.
J'ai besoin d'être aimé. Jésus me dit : je t'aime.
O mon divin Sauveur, tu triomphes. Prends-moi!
Que d'autres, pleins d'orgueil, célèbrent leur victoire !
Je chante ma défaite. Aux pieds de mon Jésus,
Je mets tout mon honneur à contempler sa gloire,
Je me compte avec joie au nombre des vaincus.

LA PAIX.

I

La paix ! — En vérité, ce n'est guère là en ce
moment qu'un vain mot, qui ne correspond plus à
rien de ce que nous voyons, à rien de ce que nous
entendons.

La paix ! — Où est-elle aujourd'hui ? Pas plus
dans les idées que dans les événements, pas plus
dans les cœurs que dans les états ; et nous, qui venons encore en parler, nous avons plutôt l'air de ra-
conter une vieille histoire oubliée, que de recom-
mander une chose encore possible.

Sous quelque point de vue que nous reprenions
ce sujet, nous rencontrons ou des résistances invincibles, ou cette incrédulité résignée qui nous laisse
dire, et ne nous en croit pas davantage.

Parlons-nous de la paix entre les hommes ? On se
révolte. « La paix ! La paix avec ces prédicateurs
d'anarchie qui vont semant par le monde tout ce

4

que l'esprit du mal a pu inventer de plus hideux!
La paix avec ces hommes de désordre et de sang, qui
veulent trôner sur les ruines de tout ce qui a été sacré, religion, morale, principes sociaux! Ce serait
nous abandonner nous-mêmes; ce serait trahir Dieu
en même temps que ce qui nous est cher dans ce
monde. » Voilà ce qu'on nous répond; et nous n'o-
serions dire qu'on ait tort. Mais tout ce que nous
faisons ensuite pour porter la question sur un terrain moins brûlant, c'est peine perdue; et des hommes qui se touchent, que mille intérêts communs
devraient réunir, qui n'auraient, enfin, qu'un pas à
faire pour se donner la main, se fuient et se haïssent
comme ceux qui sont séparés par un abîme.

Repoussés de ce côté, parlons-nous de la paix in-
dividuelle et intérieure, de la paix de l'âme? On ne
se révoltera pas, mais on branlera tristement la tête.
« La paix! dira-t-on; la paix, quand la terre tremble
sous nos pieds! La paix, quand l'avenir, — et l'avenir, c'est demain peut-être, — est plus incertain que
jamais! La paix! Le temps en est passé. Nous ne
l'aurons pas avant la tombe. »

II

C'est la paix pourtant, chers lecteurs, et même
cette dernière espèce de paix, la paix de l'âme, source
première de la paix entre les hommes, que nous venons vous prêcher dans ces quelques pages. Forts
des promesses de Dieu, c'est un défi que nous venons vous apprendre à jeter, avec son aide, aux agi-

tations de ce monde. Nous relèverons, s'il se peut, la digue qu'elles ont franchie, et nous leur dirons au nom du maître : « Vous viendrez jusque-là, et vous n'irez pas plus loin. » Courage donc ! Osez une fois le voir en face, ce monde dont les convulsions vous agitent, et Celui qui a « vaincu le monde » saura bien vous le faire vaincre aussi.

III

« Je vous laisse la paix » disait Jésus. A qui parlait-il ? A ces hommes auxquels il avait dit peu auparavant : « Je vous envoie comme des brebis au milieu des loups ; » à ceux auxquels il allait dire : « Le temps approche où, en vous mettant à mort, on croira faire une œuvre agréable à Dieu. » Donc, au milieu des agitations et des périls, le chrétien *peut* être en paix. Première conséquence ; première idée à graver dans nos cœurs.

Mais il ne le *peut* pas seulement : il le *doit*. Il le doit, disons-nous, car c'est le seul moyen qu'il ait de donner gloire à Celui qui nous a dit : « Je vous laisse la paix. » Hors de là, il ferait mentir la promesse ; il en renierait l'auteur.

Nous le *pouvons* ; nous le *devons*. Tout est là.

Nous le pouvons ; mais ce n'est pas à dire que la chose ne soit, en certains temps, plus difficile qu'en d'autres. Tant que le Sauveur fut avec eux, les apôtres s'effrayaient peu des épreuves et des luttes dont il leur traçait le tableau. Il avait beau y revenir : tous, avec lui, ils se sentaient forts, invincibles ; tous, à ces effrayantes perspectives, ils auraient été prêts à

s'écrier comme saint Pierre : « Quand tu serais pour
tous les autres un sujet de scandale, tu ne le seras
jamais pour moi ! » Mais lorsqu'ils commencent à
comprendre que leur maître va les quitter, lorsque,
comme un mourant distribuant ce qu'il possède, il
leur a dit qu'il leur laisse sa paix, — ah ! c'est précisément alors qu'ils la sentent s'échapper, car l'hé-
ritage a son côté terrible, et ce qu'il leur lègue en
même temps, c'est la haine des hommes, c'est la
persécution, c'est la croix. Ils s'épouvantent à l'idée
d'affronter seuls, après lui, ce qu'ils lui auront vu
affronter, et de continuer à le suivre, invisible, après
l'avoir suivi présent, vivant, parlant. Leurs cœurs
se troublent, leur foi s'en va... Et le premier à re-
nier son maître, ce sera celui qui disait : « Je donnerais ma vie pour toi ! »

Toute cette histoire, c'est la nôtre. Il y a des moments où Dieu semble se retirer du monde, et nous
sommes dans un de ces moments. Oui ! on dirait
qu'il s'est enfui au fracas de nos bouleversements et
de nos haines; on dirait que le chaos recommence,
et que le hasard, cette fois, sera seul à le débrouil-
ler, s'il peut ! En voyant et en apprenant, coup sur
coup, tant d'ébranlements inouis, on se demande en
tremblant : « Où sommes-nous ? Où allons-nous ? »
On est tenté de s'envelopper la tête pour ne plus entendre, pour ne plus voir, et de se laisser aller, aveu-
gle et sourd, au torrent qui entraîne tout. Mais,
malgré soi, on voit, on entend et on calcule. L'esprit s'épuise; le cœur se ronge. Où sont-ils, ceux
que Jésus-Christ reconnaîtrait pour siens à leur cal-

me et à leur paix ? « Ce sont les païens, disait-il, qui s'inquiètent de ces choses. » Où sont donc, s'il en est ainsi, où sont aujourd'hui les chrétiens ? Où sont ceux qui s'en remettent pleinement à la sagesse et à la bonté de Dieu ? Où sont ceux qui, depuis que la tempête dure, n'ont pas cessé de voir Dieu au gouvernail ?

IV

En vain cependant chercherions-nous à rejeter sur les circonstances actuelles tout l'odieux de notre défiance et de notre ingratitude. Il faudrait, pour cela, deux choses : l'une, que notre confiance eût été précédemment pleine et entière ; l'autre, que la main de Dieu fût réellement impossible à voir dans les bouleversements qui nous entourent.

Cette dernière question, laissons-la. Personne n'a pu sérieusement se figurer que Dieu abandonnait le monde ; personne n'a pu croire, parce que le vaisseau est ballotté, qu'il n'y avait plus de pilote. Il y aurait, d'autre part, beaucoup de témérité à vouloir dire où Dieu nous mène. Ses voies ne sont pas nos voies ; ses pensées ne sont pas nos pensées.

Reprenons donc. — Pour que les désordres actuels nous excusassent d'avoir laissé échapper la paix des enfants de Dieu, il faudrait, disons-nous, que nous l'eussions eue jusque-là. Eh bien, chers lecteurs, est-ce vrai ? Et si nous vous donnions cette louange que, jusqu'à ces derniers temps, vous n'aviez rien à vous reprocher sur ce point, la conscience vous permettrait-elle de nous croire ? Non. Vous seriez obligés de convenir que les circonstances actuelles ont trouvé dans vos cœurs le germe, — et plût à Dieu que ce n'eût été que le germe ! — de toutes les perturbations qu'elles y ont opérées. Du temps qu'il y avait paix autour de vous, il n'y avait pas pour cela paix en vous. Le monde, même dans ses moments de calme, est toujours assez agité pour maintenir en trouble et en angoisse ceux qui vivent sous son empire, ceux qui ne se sont pas bâti, sur le Rocher des siècles, un asile où ses bruits et où ses ébranlements n'arrivent pas.

Et ici, pas d'illusion. N'allez pas vous imaginer que les seuls esclaves du monde soient ceux que vous voyez courir après la puissance ou la gloire. Ceux-là, leur situation a au moins cela de bon qu'elle est claire. Ils savent, ils sentent qu'ils ne sont pas heureux. Ils espèrent l'être, c'est vrai, quand leurs vœux seront accomplis, et voilà une autre illusion, la plus universelle et la plus opiniâtre; mais quant au passé, quant au présent, ils savent où ils en sont : cette paix qu'ils n'ont pas, au moins ne se figurent-ils pas qu'ils la possèdent. Vous les entendez soupirer après le calme obscur de ceux qui ne sont rien et ne prétendent à rien. Mais, ces derniers, où sont-ils? Où sont, dans ce siècle, les hommes contents de leur sort? S'il nous fallait les peindre d'après nature, où aller chercher les modèles? Les hommes contents de leur sort! On dirait une de ces races mortes qui n'existent plus que dans les livres, heureux encore si jamais elles ont existé ailleurs que dans l'imagination des poëtes!

V

Nous ne voulons rien exagérer ; nous ne sommes pas de ceux qui divinisent le passé pour mieux faire honte au présent. Mais quand nous dirions que jamais les intérêts de la terre n'ont usurpé plus de place dans les âmes, que jamais les préoccupations qui en naissent n'ont été plus universelles et plus constantes, que jamais, surtout, on ne s'y était livré si ouvertement, si pleinement, — qui nous accuserait d'aller trop loin ? Qui ne se sent plongé dans cette fatale atmosphère ? Jadis, une fortune à faire, c'était un arbre à planter et à laisser croître à la grâce de Dieu et des saisons. On le soignait, cet arbre, on ne le perdait pas de vue, on en mesurait avec joie les moindres accroissements, mais on ne songeait pas à les hâter autrement que par des soins, du travail et de la patience. Le père avait planté ; les fils arrosaient ; et père et fils trouvaient tout simple que les premiers fruits ne mûrissent que pour les petits-fils. Mais aujourd'hui, il faut que tout aille vite ; il faut que ceux qui sèment, récoltent, que ceux qui ont planté l'arbre, cueillent les fruits ; et si les fruits n'arrivent pas, on va criant contre la société, ce qui n'est qu'une manière indirecte et à peine dissimulée de crier contre Dieu ! Encore une fois, allons-nous trop loin ? Est-il aujourd'hui beaucoup de gens qui ne se reconnaîtraient pas dans ce tableau ?

D'ailleurs, nous ne sommes pas seuls à le tracer. Publicistes, économistes, hommes d'État, hommes de pensée ou d'action, tous, qu'ils blâment ou qu'ils louent, qu'ils se réjouissent ou s'effrayent, tous disent, tous répètent que le malaise est à son comble. Seulement, nous ne nous arrêtons pas, nous, les amis de l'Évangile, à ce malaise extérieur qui se lie aux circonstances, et que vous voyez croître ou diminuer selon que certaines chances vont s'approchant ou s'éloignant. Nous ne sortons pas, nous ne voulons pas sortir du côté religieux de la question. Nous ne nous occupons que de ce malaise intime qui a précédé les agitations présentes, et qui leur survivra, n'en doutez pas, dussent-elles finir demain, chez quiconque ne sera pas devenu un nouvel homme dans lequel l'esprit succède à la chair, Dieu au monde, et la paix de Dieu à la paix du monde. Que parlez-vous de la société? Le mal est en vous, ô hommes; il y est avant d'être dans la société; c'est du cœur de chacun de vous qu'il déborde, et qu'il va former les torrents devant lesquels vous vous lamentez ensuite. C'est en chacun, par conséquent, qu'il s'agit de le détruire; c'est l'individu, avant tout, qu'il faut régénérer. Mais alors, nous voilà en dehors de l'œuvre humaine : le régénérateur, c'est Dieu.

VI

Non : il n'est pas en notre pouvoir d'échapper, par nos propres forces, à ce malaise universel qui n'existe dans la société que parce qu'il existe dans les âmes. Nous ne le pouvons qu'en remontant à la source de la paix, et cette source est en Dieu, et cette paix n'est qu'en Jésus. C'est Jésus qui disait, c'est lui qui dit encore et qui dira, jusqu'aux derniers jours du monde, à toute âme capable de l'entendre : « Je vous laisse la paix ; je vous donne ma paix. »

Ma paix. Remarquez bien ce mot. Ce qu'il promettait à ses apôtres, ce qu'il offre encore à quiconque croira en lui, ce n'est pas seulement *la paix,* comme pourrait faire un sage, un philosophe, un moraliste quelconque : c'est *sa paix.* Et ceci n'est pas, comme on pourrait le croire, une simple question de mots. Si nous pesons ici la lettre même des paroles de Jésus-Christ, c'est que l'esprit y tient et en ressort d'une manière frappante.

Expliquons-nous.

De tous les faits à signaler dans l'action du christianisme, il n'en est pas de plus caractéristique que l'union qu'il tend à établir entre les disciples et le maître, entre les rachetés et Celui qui a payé la rançon. Vous n'y voyez pas seulement, comme dans les relations humaines, autorité d'une part et obéissance de l'autre. Le but, l'idéal, c'est une union intime et indissoluble. C'est plus encore. Demandez aux apôtres. Dans ses dernières instructions, Jésus ne leur parle plus d'être *avec eux,* mais d'être *en eux.* « Je suis en eux, » dit-il à Dieu son père ; et ce qu'il demande encore à Dieu au moment d'aller en Gethsémané, où il leur sera ravi, c'est de rester en eux. A eux aussi, il ne leur demande plus d'être *avec lui,* mais d'être *en lui.* « Demeurez en moi, leur dit-il, comme je demeurerai en vous. » Même avant ces derniers adieux, lorsqu'il avait à s'élever au-dessus des enseignements de détail, il ne parlait plus de donner des lois, mais de se donner lui-même ; il ne demandait plus qu'on l'écoutât comme un maître, mais qu'on devînt *un* avec lui.

Voilà pourquoi nous nous sommes arrêtés sur ces mots : Je vous donne *ma paix.* Nous y voyons une des formes de cet admirable système dans lequel tout ce qui est à Jésus-Christ est aux siens. Juste, sa justice devient la nôtre ; souffrant, ses souffrances nous sont comptées ; heureux de cette éternelle paix qu'il a puisée au sein du Père avant que le monde fût, c'est de celle-là, par conséquent, qu'il nous dit : « Je vous la donne. » Donc, si nous la voulons, nous l'aurons en nous unissant à lui ; mais c'est en lui que nous devons, pour cela, en étudier les caractères. Celui qui la comprendra bien, celui-là, croyez-le, ne sera pas loin de la posséder.

VII

La paix, chez lui, c'était d'abord une inébranlable confiance en l'action continuelle de Dieu. Il n'y croit pas à la manière des hommes, sans cesse tentés de n'y pas croire, ou de vivre, du moins, comme s'ils n'y croyaient pas. Il y croit... Mais non ; ce n'est pas encore assez : il n'y croit pas ; il la voit. Son œil plane au-dessus des événements de ce monde : il les a lus d'avance dans les décrets de la sagesse éternelle. C'est à lui qu'aboutissent tous ceux des siècles passés ; c'est de lui que rayonnent tous ceux des siècles futurs. Pourquoi s'étonnerait-il d'être le méprisé des hommes? Il est venu pour l'être ; il le savait avant de quitter le ciel. Ces souffrances qui se préparent, cette croix qui se dresse, il en parlait dès les premiers jours de son ministère. Ces haines, ces orages qui attendent les siens et menaceront d'engloutir son œuvre, il les raconte froidement; il sait que les portes de l'enfer ne prévaudront pas contre son Église. Toutes les puissances de la terre, au moment même où elles paraissent dominer, il les voit esclaves du plan éternel de Dieu.

Ainsi donc, *confiance en Dieu*, voilà le fondement de la paix qui nous est offerte en Jésus-Christ au milieu des agitations de la terre; mais il faut, pour cela, que notre confiance en Dieu soit celle qui animait son fils même, aux jours de son existence terrestre. N'allons pas nommer de ce nom un simple acquiescement aux faits, aux *faits accomplis*, comme on dit, cette manière si facile, souvent si lâche, de s'accommoder de tout ce qu'on voit, cet abandon qui naît de la lassitude, comme celui du malade après ses crises; ne croyons pas non plus être arrivés à la confiance chrétienne par le seul fait d'avoir résisté quelquefois à la tentation de murmurer ou de nous désespérer. Il y a peu d'hommes qui ne soient capables de dire avec un douloureux effort : « Dieu l'a voulu; sa volonté soit faite! » ou bien encore : « A la garde de Dieu! » Mais c'est sans effort, c'est constamment et dans toutes les circonstances qu'il faudrait savoir le dire. Croyez-vous que notre maître eût à se faire violence pour s'en remettre à Dieu de l'accomplissement des grandes choses qui paraissaient alors si compromises, si impossibles? Croyez-vous qu'il eût besoin de s'étourdir, de ne plus voir et de ne plus entendre, pour garder cette paix qu'il allait léguer à ses disciples? Le doute n'approchait pas de son âme; avoir à le combattre, c'eût été déjà un péché, et le fils de Dieu était sans péché.

VIII

Direz-vous maintenant que notre foi ne saurait être à la hauteur de la sienne? — Faire cette objection, ce serait oublier précisément ce que nous avons dit être à la base de l'action du christianisme : Christ en nous, et nous en Christ. « Ce n'est plus moi qui vis, disait saint Paul; c'est Christ qui vit en moi. » On a beaucoup admiré ce mot d'un grand capitaine : « Impossible n'est pas français. » Ah! qu'avec plus de raison nous dirions : « Impossible n'est pas chrétien! » Si les exemples de cette vie en Christ sont rares aujourd'hui, ils ne le sont pas tellement que nous ne puissions encore dire à qui voudrait les nier : Allez... voyez... Et dites-nous après si la Parole a failli, si le Sauveur n'a pas laissé sa paix à qui l'a voulue, à qui a su s'en emparer. Ces bouleversements qui vous ébranlent, qui vous font douter même de ce que vous aviez cru jusqu'à présent, allez voir s'ils n'ont pas produit, chez d'autres, un effet tout contraire. Oui, grâce à Dieu, il y a des hommes en qui ces bouleversements mêmes ont raffermi ce qu'ils ont ébranlé chez vous, ô hommes de peu de foi! Il y en a chez qui de grands principes, flottants jusque-là, sont devenus inébranlables. Quand ils ont vu s'écrouler coup sur coup, en quelques mois, tout ce qu'il y avait de plus solide, en apparence, parmi les choses de ce monde, ils ont compris enfin jusqu'où va la fragilité humaine; et tout ce que nous leur en disions, nous, sans pouvoir les effrayer, — hélas! peut-être sans y penser assez nous-mêmes, sans comprendre à quel point nous avions raison, — ils se le disent maintenant; ils le lisent écrit sur toute la surface de l'Europe. En voyant tomber les royaumes, ils se sont pris à penser au seul royaume qui ne saurait tomber. Quand ils ont senti chanceler les bases de l'ordre social, ils se sont rappelé cette autre société qui a son centre dans le ciel, et dont on devient membre par la foi en Jésus-Christ. Oui! il y a, depuis nos dernières commotions, des gens qui ne priaient pas, et qui prient; ils y en a qui ne pensaient pas à leur âme, et qui y pensent; il y en a qui mettaient leur gloire et leur bonheur à s'amasser des trésors périssables, et qui s'amassent maintenant des trésors dans le ciel; il y en qui, après avoir méconnu la main de Dieu dans ses bontés, l'ont reconnue dans ses rigueurs; il y en a qui ont retrouvé dans l'orage la paix qu'ils n'avaient pas et qu'ils n'auraient jamais eue dans le calme.

IX

Il y en a, oui; mais combien? — Ne nous flattons pas; il y en a peu. Le reste a poursuivi sa route, traînant, avec ses anciens soucis, tout ce que les événements y ont ajouté d'angoisses, humiliés, mais non plus humbles, frappés dans ce qu'ils possédaient, mais non désabusés du prestige des richesses, effrayés des bouleversements de la terre, mais ne pensant pas davantage au ciel. Et même parmi ceux qui ont eu l'air d'y penser davantage, combien qui n'y penseraient plus pour peu que le monde se remît à leur offrir sa menteuse paix d'auparavant! Leur piété d'un jour n'a été qu'un vague besoin de se retenir à quelque chose, quand tout manquait à la fois sous leurs pieds; une espèce de pis-aller auquel ils auraient préféré, sans hésiter, le moindre sourire de la fortune, le moindre allégement aux maux présents. N'est-ce pas là que nous en sommes, plus ou moins, à peu près tous? Tous les bons effets que l'épreuve a pu produire dans nos âmes, nous les donnerions volontiers pour quelque adoucissement à nos soucis; toute la paix que Dieu nous offre, nous l'échangerions de grand cœur contre quelques jours de paix terrestre et d'engourdissante sécurité.

Mais ce ne peut être, évidemment, que parce que la véritable paix, celle qui suffit à tout, nous est encore inconnue; c'est que la confiance n'a pas été, chez nous, accompagnée d'amour, et que l'amour est une seconde condition, non moins indispensable, de la paix en Jésus-Christ. Non! point de paix pour qui n'aime pas Dieu; point de paix, pour lui, dans les choses qui regardent l'éternité; point, par cela seul, dans les choses de ce monde, car celles de l'éternité restent, malgré nous, la grande affaire : elles décident, que nous nous en apercevions ou non, de notre bonheur dans ce monde aussi bien que de notre sort dans l'autre. La simple confiance en Dieu peut n'être encore, sous des dehors de piété, qu'un sentiment tout humain et tout charnel. Vous pouvez la trouver dans les religions les plus fausses, dans les superstitions les plus grossières. Le chrétien n'aurait-il donc rien de plus? Il a, nous le répétons, il a l'amour. Mais n'allez pas non plus le confondre, cet amour, avec une simple reconnaissance pour les bienfaits de Dieu dans cette vie. L'amour chrétien, c'est celui qui est de nature à traverser, intact et de plus en plus pur, les jours mêmes où Dieu frappe à grands coups sur tout ce qui nous est cher ici bas; c'est donc celui qui répond, non à des grâces terrestres et fragiles, mais à la seule immuable, à celle que Dieu nous a faite en nous sauvant par son fils. Aimez-le comme un bienfaiteur terrestre, et vous risquez de ne l'aimer bientôt plus, ou de ne l'aimer, en tout cas, que d'un amour indigne de lui; aimez-le comme le sauveur de votre âme, et vous l'aimez à jamais.

X

Donc, en définitive, la paix, c'est le sentiment de notre réconciliation avec Dieu. Voilà évidemment celle que le Sauveur avait en vue lorsqu'il disait : « Je ne vous la donne pas comme le monde la donne. » Le monde la donne-t-il donc, celle-là?

Oui, souvent; mais pour le malheur éternel de ceux qui osent la recevoir de sa main. Toutes les inquiétudes que nous serions tentés de concevoir sur l'état de notre âme, il se hâte de les calmer; tous les efforts que nous aurions quelque velléité de faire pour rentrer en grâce avec Dieu, il se hâte de nous demander à quoi bon. « Ne sommes-nous pas meilleurs que beaucoup d'autres? Que vient-on nous parler de condamnation et de grâce, de sauveur et de rachetés!... » Voilà ce que le monde nous dit, et ce que les plus saints, hélas! ont de la peine à ne pas écouter un peu. Mais le châtiment suit l'offense. Quand une fois l'homme a osé dire, n'importe dans quels termes, quand une fois il a osé penser, fût-ce au plus profond de son cœur, qu'il peut se passer de Dieu, c'est comme s'il avait déchiré toutes les promesses. La paix s'enfuit avec la grâce; le Sauveur ne peut rien donner à qui ne le reconnaît pas comme un sauveur.

Que Dieu ouvre nos yeux à la doctrine du salut, et nos cœurs seront ouverts à la paix. Une fois sauvés pour le ciel, nous le serons toujours assez pour ce monde.

Paris. — Imprimerie de Marc Ducloux et Comp., rue Saint-Benoît, 7.
1851.